D1287636

Diario de Un Niño Ninja

"Nublado con posibilidad de Zombies"

- Libro 1-

(Una aventura divertida para niños de entre 6 y 12 años)

Por

C A Treanor & I Dosanjh

Ilustrado por

Bex Sutton & Aadil Khan

AGRADECIMIENTOS

¡El segundo libro de Diario de un niño ninja está terminado! ¡Y yo que pensaba que nada podría ser más emocionante que un encuentro con zombies! Todavía hay mucho "en el aire", preguntas sin respuestas y misterios que resolver.

¡Cuántas aventuras geniales y cosas que aprender nos están esperando!

Michael Carter, Larry y, por supuesto, ¡Rocky, el perro ninja!

Para mantenerte al día con nuestros libros y muchas cosas más, suscríbete a nuestra newsletter, carolinetreanorintbooks.com/subscribe, y da a me gusta a nuestra página de Facebook, @ CATPublishingInternational.

¡Muchas gracias por leernos! Si has disfrutado con este libro, te pedimos tu ayuda para que pases la voz compartiéndolo con otros y dejándonos un comentario.

TABLA DE CONTENIDO

INTRODUCCIÓN

Un apocalipsis zombie.

¿Estás preparado?

Michael Carter tiene 12 años. Todo va mal en su vida.

To-

do.

Una casa nueva. Una nueva escuela. Una hermana que estudió en una academia de tortura. Padres que lo quieren pero que están demasiado ocupados para darse cuenta.

Lo único bueno es Rocky, su perro.

Hasta que se entera del código ninja.

Pero ¿puede un código ayudarle contra el peligro al que se enfrenta de pronto?

¿Tienen él o Rocky alguna oportunidad siquiera?

¿Estás dispuesto a adentrarte en un apocalipsis de pedos zombies para descubrirlo?

Lee estas páginas si te atreves.

Pero tápate la nariz si lo haces.

CÓMO EMPEZÓ TODO

El sonido de la lluvia que me había ayudado a dormir profundamente fue interrumpido por unas fuertes vibraciones y el sonido de cientos de cuchillas zumbantes.

Abrí un ojo. Sorprendido y curioso, alargué la mano, descorrí las cortinas de franela con estampado de vaqueros del oeste y miré por la ventana para ver qué era ese ruido.

¡Era un grupo de helicópteros volando muy bajo

sobre mi vecindario!

Pero ¿por qué? Me preguntaba.

Me levanté, apoyé ambos codos en el alféizar de la ventana y miré hacia afuera con la boca abierta al ver tantísimos aparatos volando alrededor.

Cuando se desvanecieron en la distancia, me dejé caer de nuevo en la cama, tirando de las sábanas hacia mí para esconderme debajo de ellas.

¿Qué fue eso?

Desafortunadamente, esa distracción tan emocionante no era suficiente para mejorar mi día. Esa misma mañana tenía que empezar en una nueva escuela. Lentamente empujé las mantas hacia abajo, lo suficiente para destapar mis ojos, que de inmediato volvieron a mirar hacia la ventana. Al ver las cortinas de vaqueros del oeste, mi estado de ánimo empeoró aún más.

Nueva escuela, a mediados del trimestre. Qué estúpido. Cortinas de vaqueros. Qué estúpidas.

Odiaba esas cortinas que habían estado colgando en mi habitación desde que tenía tres años, cuando era lo suficientemente joven como para que me gustasen los vaqueros del oeste. Pero esa afición había desaparecido hacía mucho tiempo. Mis padres me habían prometido cambiarlas, desde hacía mucho, pero siempre estaban demasiado ocupados para acordarse.

Así que ahí estaban, todavía colgando, incluso en nuestra nueva casa.

Qué estúpido.

De repente, un golpe fuerte en la puerta de mi habitación. Era mi hermana, Madison. Nadie más tocaba la puerta de esa manera tan desagradable.

Sentí a mi perro, Rocky, moverse al pie de la cama. Ni el ruido de afuera ni mis movimientos le habían molestado, pero esto sí le molestó. Se giró y miró hacia la puerta. Tiré de las sábanas tapándome los ojos otra vez, ignorándola.

"Vamos, carapiña. ¡Es *tu* turno en el baño!"

Puse los ojos en blanco. Ahora, *tenía* que levantarme. Esa era su advertencia de que estaba a punto de entrar en su guarida del baño y quedarse allí haciendo ¡QUIÉN SABE QUÉ durante horas!

Empujé las mantas, columpié mis pies sobre un

lado de la cama y me senté.

Rocky me miró, se puso sobre dos patas, se estiró y se acercó para lamerme la cara. Luego se dio la vuelta y frotó su trasero contra mi brazo, lo que hizo que me riera.

"Quítate, tonto. ¡Sabes que no me gusta cuando me restriegas el trasero!"

Rocky ladró y luego se dio la vuelta para lamerme otra vez.

¡Gracias a Dios que no me lame después de lamerse el trasero! Me reí empujando a Rocky hacia atrás.

"¡Vamos! ¡Ahora o nunca!"

"Vale, vale, ¡ya vale!" Me puse de pie cuando Rocky volvió a apoyar las patas en el suelo y ambos nos dirigimos hacia la puerta.

Comencé a quitar las trampas que había puesto delante de la puerta. Como no me dejaban tener un pestillo, hice otras cosas que podrían detener a los zombies intrusos.

Por ejemplo, había colocado una cuerda de arañas

de plástico en lo alto, de modo que, si la puerta se abría, se caerían todas y quedarían atrapadas en el cabello de Madison, haciéndola gritar como una loca. Otro era un largo hilo que colgaba de la parte superior de la puerta hasta picaporte, al que había atado cucharas de metal, para que hicieran ruido y me despertaran. El tercero era un cubo de plástico pequeño, ancho y plano, lleno de gusanos de goma en el suelo, justo al lado de de la puerta. No me gustaban los gusanos verdes, así que pude guardar muchos de ellos. Los pisé para probarlos, e incluso me dieron escalofríos, así que sabía que Madison seguro que se asustaría.

Después de comprobar que el camino estaba despejado, abrí la puerta y, como de costumbre, expresé un grito de sorpresa. Salté hacia atrás sintiendo escalofríos y mis ojos expresaron una mirada de terror. No llevaba maquillaje ni todas esas cosas bonitas que se ponía en el pelo, así que así era como la saludaba *todas* las mañanas.

Ella lo odiaba.

Me encantaba que lo odiase.

"Sabes que eso envejece, ¿verdad?" Se apoyó contra el marco de la puerta y puso los ojos en blanco.

Me encogí de hombros, me reí cuando Rocky y yo pasamos junto a ella y me puse a andar por el pasillo.

PRIMER DÍA DE SUCESOS EXTRAÑOS

Me quedé delante del edificio de la escuela mirando a los otros niños entrar en fila tras el sonido de la primera campana. No tenía ni idea de dónde estaba la oficina. Mis padres habían tenido que irse a trabajar muy temprano, así que me dejaron a mí todo el papeleo y me prometieron que no tendría ningún problema en encontrarla.

Suspiré.

Si tan solo Rocky pudiera venir conmigo.

Lo último que quería hacer era pedirle ayuda a alguien.

Me puse de puntillas para colocarme la mochila un poco más arriba de la espalda, mientras tiraba de la correa derecha con la mano. Luego comencé a caminar por el largo y solitario camino de hormigón hacia mi nuevo destino.

¿Dónde están las capas de superhéroe cuando más las necesitas?

Antes de poder verlos, escuché de nuevo los helicópteros de esta mañana acercándose. Me detuve e incliné la cabeza hacia atrás, su sombra enorme se extendía hacia mí, tapando el sol. Pude ver, entonces, que en realidad quizá habría cientos de ellos. Giré a la derecha en la dirección a la que se dirigían.

¡Tantos!

¡¿A dónde van?!

MAESTROS MALOLIENTES Y NIÑAS PRESUMIDAS

Al entrar al vestíbulo a través de las pesadas puertas de vidrio, me encontré rodeado de trofeos, cintas, medallas, anuarios y fotos de niños mucho más guays de lo que yo nunca podría ser.

Suspiré de nuevo y seguí caminando, arrastrando los pies.

El corto pasillo en el que me encontraba conectaba con otro, justo delante, pero no había señales de la oficina.

Avancé y eché un vistazo hacia la izquierda, luego hacia la derecha. Al ver dos pasillos idénticos, completamente vacíos, decidí seguir hacia la derecha.

Las paredes estaban llenas de taquillas, el espacio de la pared por encima de ellas estaba decorado con los habituales letreros de colores brillantes que hablaban sobre las clases de ciencias y tecnología, las actividades ecológicas y las próximas elecciones a delegados de clase. Encima de ellas había ventanas rectangulares, algunas de las cuales estaban abiertas con el cristal inclinándose hacia afuera, lo que me permitía escuchar dentro de las aulas.

Pasé por una habitación donde se podía escuchar a unos niños reírse. En otras, escuché a maestros hablando con sus estudiantes.

Llegué a unas escaleras a la derecha, al final del pasillo, donde esperaba que hubiera más habitaciones. Decidí subir por ellas. *Tal vez la oficina está encima de ese pasillo principal.*

Cuando me acercaba a la parte superior de las escaleras, vi a dos adultos discutiendo, así que me detuve, no queriendo que se enfadaran conmigo por no estar en clase.

"Señor Trunchwind, ya tenemos demasiadas aulas abarrotadas; ¡no puede esperar que duplique el tamaño de mi carga de trabajo, cuando podría llamar a un sustituto!" La voz de la mujer sonaba penetrante e irritada.

"Lo sé, señora Pearbottom, pero usted les gustaría mucho *más* que alguien con quien no están familiarizados. Además, ¡sabe que tenemos que vigilar cada céntimo por aquí!"

La señora Pearbottom puso los ojos en blanco, dijo "NO", y se fue pisando fuerte, así que bajé por las escaleras antes de que me vieran.

Justo cuando llegué al primer piso, vi a un grupo de chicas, con lazos blancos en la cabeza, todas a juego, *probablemente son de esas horribles animadoras*, así que rápidamente me agaché hasta llegar al siguiente tramo de escaleras, que conducía al sótano.

Corrí escaleras abajo tan rápido como pude para evitar que me vieran. Las risitas de las chicas se estaban volviendo más fuertes. Adivinando que venían en mi dirección, bajé otro piso corriendo, este tramo tenía unas escaleras más estrechas y un poco más oscuras. Finalmente, sin aliento, llegué al nivel más bajo y me detuve.

Mis ojos se abrieron como platos.

MARAVILLOSAMENTE OLOROSO

Estaba en el estómago de una nave espacial.

Bueno, tal vez no fuera una nave espacial *real*, pero de verdad era exactamente igual a cualquier nave espacial que haya visto o imaginado.

¡La habitación era gigantesca, llena de tuberías y bombas y piezas mecánicas y tanques y todo tipo de cosas geniales!

La única luz que iluminaba la gigante habitación provenía de unas pequeñas bombillas, plantadas en un par de hileras entre la maquinaria, y de las señales rojas de salida que se extendían por las esquinas de la habitación.

Era espeluznante.

Ajusté mi mochila, que se me había ido resbalando mientras corría, intentando estar más cómodo.

De repente, me di cuenta de que todavía tenía en la mano los papeles de registro que debía llevar a la oficina. Me quité la mochila y la dejé caer al suelo frente a mí. La coloqué entre mis piernas y logré abrirla con una sola mano. Metí los papeles dentro, sin importarme si se arrugaban un poco, luego volví a cerrar la mochila. La balanceé sobre mis hombros y miré a mi alrededor otra vez, nervioso.

A pesar de que la habitación me asustó un poco, decidí que valía la pena explorarla mientras tuviera la oportunidad.

Me pasé una mano por el pelo para quitármelo de la cara y me froté la nuca mientras decidía qué área explorar primero. Entonces, se me ocurrió una idea de por dónde empezar que me hizo reír.

Sonriendo, me di la vuelta hacia las escaleras, me incliné, apoyé ambas manos sobre las rodillas y me tiré un pedo. ¡Uno de esos largos, asquerosos y poderosos que, aunque podrían terminar siendo mojados, no quieres detener porque suena muy bien! Justo como esperaba, ¡hizo eco! Esta vez, en lugar de sonar como bolitas de nubes amortiguadas, ¡*sonaba como trompetas!*

Cuando por fin apreté todo lo que pude, el sonido se volvió más agudo y me puse de pie sintiéndome bastante satisfecho. Alcé el puño como si hubiera marcado un punto ganador en el Gran Partido.

¡Sí*!*

Luego me giré para comenzar mi exploración.

Entonces, me sorprendí al descubrir a un señor mayor muy, muy alto, vestido con un mono que estaba de pie frente a mí, mirándome. Parecía increíblemente impresionado, tal vez un poco descontento por haber estado directamente en el centro del radio de la explosión.

PEDOS SIN MIEDO

"Supongo que estás perdido". Dijo sin sonreír.

Tragué saliva y asentí. *Esta no es la mejor manera de comenzar en una nueva escuela.*

"Ese gas que has soltado ahí ha sido bastante épico".

Sentí un gran orgullo, mezclado con miedo.

¿Cómo respondes *a algo así? ¿Una mueca?*
¿Pidiendo disculpas?

Como respuesta, me decidí por un breve
asentimiento muy silencioso.

El hombre, probablemente el conserje, levantó su
rodilla derecha y la sostuvo en alto. Luego se tiró
un pedo, una vez.

Mis ojos se abrieron como platos. Luego bajó el
pie, levantó la otra rodilla e hizo lo mismo.

"Estoy un poco oxidado y, aunque no haya sido tan
cataclísmico como el tuyo, no ha estado mal. Al fin
y al cabo, soy un hombre mayor".

Nos reímos juntos y luego me ofreció chocarle el
puño, lo que acepté felizmente.

HERMANOS DE PEDOS

"Soy el señor Jeffereds. Pero, como ahora somos hermanos de pedos, puedes llamarme Larry, aunque solo cuando no haya nadie cerca. ¿Trato hecho?" Me sonrió, lo que le iluminó el rostro y descubrió los dientes más blancos que jamás había visto.

"Trato hecho". No podía dejar de sonreír. Siempre me había costado hacer amigos cuando me cambiaba de escuela, en cambio esta vez tenía ya un "hermano de pedos", fuera lo que eso fuese.

¡Todo va a salir bien!

Larry me preguntó mi nombre y me indicó que lo siguiera mientras me conducía al vientre de la bestia de metal. Lo seguí, completamente fascinado por todo lo que veía, y le dije que me llamaba Michael.

Había vapor saliendo de varios lugares y me pregunté si habría ratas por allí. Me acerqué más a Larry, sin querer saber la respuesta.

Después de dar varias vueltas y caminar dos largos tramos, por fin llegamos a una pequeña oficina. Había una puerta de metal y una gran ventana de vidrio con unas persianas que estaban bajadas. A la derecha había otra ventana, esta mucho más grande, pero también con persianas bajadas.

Cuando Larry abrió la puerta y encendió la luz, parpadeé varias veces, tratando de adaptar mis ojos. No podía distinguir las cosas que parecían cubrir todo el espacio libre de las paredes.

Cuando mis ojos se enfocaron, vi que eran fotos, ¡y todas eran de *ninjas*!

¡Y, varios de ellos eran fotos de ninja de *Larry*!

SUPERPODERES APESTOSOS

Me di la vuelta y lo miré, sorprendido, incapaz de decir palabra.

Larry levantó la vista hacia la pared con las fotos, sonrió, asintió varias veces y se metió las manos en los bolsillos.

"Sí. Ese soy yo. Bueno, *era* yo, en todo caso".

Yo estaba impresionado. ¡Estoy *de pie frente a un ninja de carne y hueso!*

Volví a mirar las fotos y me acerqué a ellas para verlas mejor. Algunas eran de ninjas escalando muros, otras arrastrándose sobre sus barrigas, otras escondiéndose donde apenas se los veía.

"Yo era un shinobi-no-mono, pero la mayoría de la gente nos llamaba shinobis o ninjas". Larry se encogió de hombros y siguió mirando alrededor de la habitación como si viera las imágenes por primera vez en mucho tiempo. "Sigilo. Ese era nuestro superpoder".

"Shin-oh-bis", repetí.

Larry asintió y respondió: "Eso es todo".

Lo miré con la boca y los ojos abiertos como platos.

¡¿Superpo*der?!*

"¿P-p-puedo *yo* ser un ninja?"

Larry volvió a sonreír con esa sonrisa de dientes blancos y me miró.

"No sé. Un hombre tiene que averiguar eso por sí mismo. Ahora mismo, hay que llevarte a clase. Pero ahora sabes dónde encontrarme". Me guiñó un ojo misteriosamente y puso una mano sobre mi hombro para conducirme con suavidad hacia la puerta.

Sin saber qué más decir, solo asentí.

Salí de la habitación y Larry se detuvo en la puerta un rato, el suficiente para que yo me preguntara por qué se estaba quedando atrás. Cuando me volví para mirarlo, Larry empezó a girar sus caderas en círculos un par de veces como si estuviera removiendo algo con su trasero. Luego me sonrió y se detuvo antes de inclinarse un poco hacia adelante y soltar un pedo enorme y peludo. Más escandaloso que los anteriores.

No pude evitarlo. Me eché a reír.

"Ser ninja consiste sobre todo en el ataque sorpresa, Michael. Recuérdalo". Larry se rió conmigo y nos fuimos cada uno por nuestro lado.

SIGILO Y SORPRESAS

Llamé a la puerta, sin saber si Larry estaba dentro, pues no había luz.

"¿Me estás buscando, chico?"

Me di la vuelta, sonriendo.

"Sí. Vine a darte las gracias. Por ayudarme a encontrar la oficina y... eh... esas cosas". Sonaba un poco tonto así, pero no sabía cómo decirlo.

¿Debería haber dicho gracias por tirar*te pedos conmigo? ¿O me encanta tener un hermano de pedos que es un verdadero ninja DE CARNE Y HUESO? No, yo era demasiado tímido para eso.*

"Cosas" funciona.

Levantó una pequeña tubería que sostenía entre los dedos. "Tengo que cambiar esto. ¿Tienes tiempo para hacerme compañía mientras lo hago?"

Asentí rápidamente. ¡Por supuesto que sí!

"Entonces, ve a por un cubo". Señaló una pila de grandes cubos de pintura vacíos, y me acerqué y tomé uno antes de darme cuenta de que Larry ya había comenzado a alejarse.

Me apresuré para alcanzarlo.

Nos adentramos en el laberinto, girando hacia un lado, después hacia el otro. Larry se detuvo delante de una máquina que no parecía diferente a las demás y me quitó el cubo. Lo puso mirando al suelo y luego dio unas palmaditas en la parte de arriba. Quería que me sentara en él.

Me dejé caer en el improvisado asiento y él sacó una llave inglesa de su bolsillo trasero.

Arrodillándose para acceder al fondo de la máquina, se giró mirando hacia el lado contrario a donde estaba yo.

Apoyando las rodillas y los codos en el suelo, miró por encima de su hombro y me sonrió, iluminando la oscuridad con su sonrisa.

Le devolví la sonrisa.

Sin previo aviso, solo una pausa mientras todavía me miraba, se tiró un pedo. *Muy sonoro.* El olor a rancio me golpeó de inmediato. Fue tan fuerte que solté un gemido y me tapé la cara con el interior de los codos con horror mientras me reía.

¡Me atrapó bien!

"Sigilo y sorpresa, ¿recuerdas?" dijo entre jadeos y risas. "Hay que estar en alerta máxima en todo momento", sacudió la cabeza, "¡Te lo digo en serio, hombre!"

Volvió al trabajo, con una expresión de satisfacción evidente en su rostro y yo tiré de mi camisa para taparme la nariz y la boca. ¡No se puede respirar con un pedo tan terrible aún nublándote la cara! ¡Se había llevado todo el oxígeno!

TRASEROS DE PERROS Y HERMANAS ZOMBIES

"Entonces, háblame de ti", dijo por encima del hombro mientras trabajaba cambiando las tuberías.

"No hay mucho que contar". Me estiré la camisa hacia abajo, me encogí de hombros y suspiré.

"Oh, vamos, todo hombre tiene una historia".

Desafortunadamente, nunca antes me habían

preguntado por mi historia, así que no sabía qué decir.

"Tengo un perro".

"El mejor amigo del hombre. ¿Es bueno?" preguntó.

"Sí. El mejor. Me sigue a todas partes. Bueno, excepto en la escuela".

"¿También se tira pedos?" Se rió entre dientes.

"No, pero frota el trasero con todo, ¡incluso conmigo!" Me reí.

"Bueno, supongo que eso es mejor que el óxido nitroso".

"Uh, ¿qué es nit-nitro-ni-".

El me cortó. "Correcto, no estás en la clase química. Todavía". Se movió para sentarse sobre sus talones. "Óxido nitroso. Es un gas que te hace reír. Un poco como los pedos". Sonrió.

Traté de decir "óxido nitroso" en voz baja, no queriendo decirlo en alto otra vez y sentirme tonto.

"Entonces, ¿es un frotador de traseros? Eso es señal de ser un gran perro".

Sonreí. "Sí, lo es".

"¿Hermanas y hermanos?"

Solté un gemido y puse los ojos en blanco.

"Ah, una hermana mayor, ya veo". Se rió entre dientes.

"¡Peor! ¡Ella es una verdadera zombie esperando su gran momento!"

"Entonces, ¿no la salvarías en un apocalipsis zombie?" Me sonrió con un brillo en los ojos.

"¡De ninguna manera! ¡La empujaría frente a un tren de mocos! ¡Dibujaría un mapa de zombies en el suelo para que pudieran seguirlo y llegaran hasta ella! ¡Y pondría un cartel afuera de la casa con su foto que dijera CÓMEME-A-MÍ!"

Hizo una pausa y pareció grave por un minuto. "Esos sentimientos que expresas son poderosos". Él asintió para sí mismo y, después de un momento, dijo: "¿Se lo merece?"

Lo miré, preguntándome si estaba tramando algo de nuevo o si hablaba en serio. Pensé en la pregunta por un segundo. Me acordé de todas las veces que mi hermana me metió en problemas, escondió mi mando de la Xbox durante días y me llamó "Tobogán de piojos" o "Caracaca, caca podrida" o "Carapiña", o cualquier otra cosa que pudiera herir mis sentimientos.

Finalmente asentí. "Sí, se lo merece".

"De acuerdo entonces. Ella no estará en nuestra lista de personas a salvar en el apocalipsis". Él asintió mirándome: "Solamente quería estar seguro".

Era mi turno de hacer una pregunta.

"Oye, ¿cómo se convierte un ninja en conserje?"

Larry se dio la vuelta, me miró y se sentó. Luego colocó la vieja tubería que había quitado junto con la llave inglesa en el suelo junto a él. Apoyándose contra la máquina, se acomodó y me miró en silencio durante un largo momento.

"Los ninjas han existido por siglos. ¿Sabes cuánto tiempo es eso?"

"¿Un tiempo muy, muy largo?" Sonaba inseguro.

El asintió. "Cientos de años. El mismo tiempo que los samuráis". Cruzó una pierna sobre otra y se inclinó hacia adelante.

"Los samuráis siempre fueron los elegidos por el rey. Eran su honorable guardia. Algunos de los terratenientes más ricos también tenían ejércitos de samuráis. Trabajaban bajo un código llamado *bushido*: sus reglas se aseguraban de que las guerras fueran justas, mostrando indiferencia al dolor y prometiendo una lealtad inquebrantable. Era como una versión aún mejor y más grandiosa de nuestro Servicio Secreto".

"Los ninjas, por otro lado, eran como espías. Se movían de noche, eliminaban enemigos usando el sigilo, el engaño, y los ataques sorpresa; adoptaron todo lo que los samuráis consideraban que no era digno de ellos. Empezaron a utilizar lo que se consideraba como basura. Su valentía no consistía en vestirse con cosas elegantes; no, se trataba de hacer todo lo que fuera necesario para mejorar el mundo. *Ese* era su código de honor. Y ese es *mi* código de honor".

"Entonces, ¿cuál es la diferencia entre sacar la basura de la escuela y utilizar lo que se considera como basura para salvar al mundo de la gente mala?" Larry se encogió de hombros.

"Aún sigo haciendo del mundo un lugar mejor". Señaló hacia arriba. "Ellos no me conocen de verdad. Así que todavía estoy operando con sigilo".

Asentí; con los ojos muy abiertos.

"Estoy orgulloso de ser conserje. Los ninjas son conserjes. Somos secretarios. Somos lavaplatos. Somos paseadores de perros. Somos quienes necesitemos ser para poder ayudar. Estamos en lugares donde no se reconocen nuestro poder y nuestras habilidades. Nos ayuda a aprender lo que necesitamos, a hacer nuestro trabajo y a estar en el lugar correcto en el momento correcto, sin que haya nadie más sabio".

Se dio un golpecito con el dedo en un lado de la cabeza. "Ahora, piénsalo. Para ser un ninja, ¿es mejor ser el director de una escuela o ser el conserje?"

"El conserje. ¡Definitivamente, el conserje!"

QUIERO SER UN CONSERJE NINJA

En el camino a casa con mamá, que siempre llegaba tarde a recogerme, en lo único en lo que podía pensar era en ser conserje. Un conserje tenía llaves para todo, nunca se quedaba atrapado en la oficina, iba y venía cuando quería, y no tenía que tratar con los padres. Podía escuchar las conversaciones y nunca nadie se daba cuenta de que él estaba allí. ¡Ser un conserje debe ser genial!

"Mamá", la llamé desde el asiento trasero, "quiero

ser conserje cuando sea mayor".

Me miró por el espejo retrovisor, preocupada. "Pero, cariño, ¡¿creía que querías ser científico?!"

Ella obviamente no entendía nada. "Nop. Conserje. Quiero limpiar el mundo".

"Vale, cariño. Lo que tú digas". Se rió.

INTERCAMBIO DE PEDOS
Y APRENDIZAJE DE
HABILIDADES

Las siguientes semanas fueron muy
divertidas. Después de la escuela, casi todos
los días Larry y yo intercambiábamos pedos y
trabajábamos para perfeccionar nuestro principal
objetivo: la capacidad de sorprender. A veces
también trabajábamos en el sonido. Larry a veces
podía tocar una melodía, lo que nos hacía reír a los
dos.

También intenté aprender a ser sigiloso. Llevaba a Rocky a pasear, y mientras la gente lo señalaba y se reía de él por frotar el trasero de un lado a otro lado en sus jardines delanteros, yo "sacaba la basura" al recolectar la información que podría serme de utilidad.

El señor Sonidodeclaxon tenía muchos equipos de jardinería que podrían usarse como armas.

El señor Cubodemocos no cerró la puerta cuando salió de casa.

La señora Melocotónquemado colocó sus pasteles en la ventana para que se enfriaran.

Alberto Ollaescandalosa, el matón del vecindario, tenía una manguera de agua en su casa del árbol.

Y mis padres dejaron las llaves del coche colgadas en la puerta de atrás.

Bueno saber.

También practiqué escondiéndome a plena vista.

Detrás de un poste de luz en el aparcamiento de coches.

Entre los arbustos.

Detrás de un hombre en una multitud que ni siquiera sabía que estaba allí.

Donde sea que pudiera.

Varias veces más durante esas semanas, volví a ver un enorme enjambre de helicópteros. Todavía no entendía qué estaban haciendo.

EXPLOSIONES OLOROSAS

Un día, después de la escuela, estaba a punto de llamar a la puerta de Larry cuando escuché sonar una sirena. No era como las de camiones de bomberos o las de ambulancias, sino más aguda. Luego hubo un enorme rugido y las paredes comenzaron a temblar. Larry abrió la puerta y me agarró para empujarme rápidamente dentro, cerrando la puerta detrás de nosotros.

"¡Rápido, ponte esto!" Me arrojó una mascarilla de goma que solo cubría los ojos, la nariz y la boca. "Son para derrames de químicos ligeros, pero las uso cuando tengo que limpiar vómitos. Nos ayudarán con lo que venga". Rápidamente me ayudó a ajustar las correas para que la incómoda máscara para adultos se ajustara mejor en mi cara. "Ahora corre detrás del escritorio. Ayúdame a darle la vuelta".

Tan pronto como dimos la vuelta al escritorio y nos pusimos detrás de él, las paredes, que habían seguido sacudiéndose con más intensidad, se quedaron completamente quietas. Entonces un fuerte *¡BOOM!* sonó, rompiendo las ventanas de vidrio y haciendo que miles de fragmentos volaran por todas partes mientras las persianas metálicas se agitaban hacia adentro.

¡Nos asustó tanto a los dos que nos tiramos un pedo al mismo tiempo!

¡Esa explosión había sido ENORME!

LOCURA PEGAJOSA

Después de que todo se sumiera en silencio durante unos minutos, nos asomamos por encima del borde superior del escritorio y luego nos miramos el uno al otro. Era un desastre.

Larry se levantó y se dirigió a un armario. Sacó un dispositivo de medición y lo sostuvo en el aire. Una luz roja centelleó durante unos largos minutos. Pero luego volvió a sonar y se encendió una luz verde. Se lo metió en el bolsillo y se quitó la máscara, indicándome que hiciera lo mismo.

Tan pronto como me quité la máscara, tosí por el olor. *¡AHH!* Olía tan fuerte que se me bajaron las orejas, se me quemó la zona de la nariz donde me había entrado el olor a chamuscado y se me enrojeció el blanco de los ojos. ¡Larry también lo estaba pasando mal! Tosimos y tosimos hasta que nos salieron mocos verdes y viscosos de la nariz y escupimos flemas verdes del tamaño de pequeñas ranitas.

¡Esa asquerosidad estaba por todas partes!

Finalmente, pudimos calmarnos y Larry dijo: "El medidor dijo que era seguro respirar".

"¡El medidor mintió! " Farfullé y tosí de nuevo.

"Sí, ¿no es verdad?" Se rió. "Pero, lo peor debe haber pasado".

Asentí y tosí una vez más, después me limpié los mocos con la parte posterior de la manga.

Larry presionó un dedo en el lado derecho de su nariz y sopló tan fuerte como pudo por la izquierda, lo que provocó que un moco GIGÁNTESCO saliera disparado hacia el centro de la habitación. *¡Por lo menos medía tres metros de largo!* Luego lo hizo de nuevo en el otro lado y

¡fue aún peor!

¡IIIIIIIUUUUUGGGG!

Sacudí la cabeza y me reí.

"No me critiques sin haberlo probado, hombrecito.
¡Me siento como si midiera tres metros ahora!"
El enrojecimiento de sus ojos había comenzado a
desvanecerse, lo que me hizo plantearme si es que
yo necesitaba hacer lo mismo.

Bueno, ¡me arriesgaré! Me reí.

LOS MAESTROS
DESINTEGRADORES

¡Larry volvió al armario y sacó las dos armas más asombrosas que había visto en mi vida!

Eran largas como rifles, pero con una forma muy diferente a otros que había visto. Estas eran como una mezcla entre escopeta, ballesta y rifle Nerf. Eran rojas y brillantes con rayas negras de cebra y tenían tres botones alargados de color verde lima en la parte superior.

"Ten cuidado", dijo mientras me entregaba uno, "estos son muy peligrosos".

Asentí y lo miré con asombro. "¿Qué es lo que hacen?"

"Estos son maestros desintegradores. Ha habido rumores en la comunidad ninja de que los militares estaban entrenando para un ataque de meteoritos. Si esa explosión resulta ser lo que creo que es, bueno, podríamos estar ante ese apocalipsis zombie del que hemos hablado. Estos nos protegerán. Pero hagas lo que hagas, no toques los-".

¡Acababa de presionar el primer botón verde y al instante estaba cubierto con un escudo de baba de la cabeza a los pies!

¡IIIUUGGG!

Larry se rió de mí y me señaló. "Estaba a punto de decirte que no presiones los botones verdes".

Se estaba riendo tan fuerte que se inclinó y se golpeó las rodillas, lo que provocó que balanceara su maestro desintegrador y accidentalmente golpeara el segundo botón verde con la mesa.

De repente, se empapó con pipí; estaba completamente cubierto, de pies a cabeza.

Su cara lo decía todo. Ya no se reía.

¡Qué asco!

Nos miramos el uno al otro y nos reímos de nuevo.

3 CLICKS DE PEDOS

"Está bien", me entregó una toalla y comenzó a usar otra para sí mismo, "es hora de ponerse serios". Tomó su maestro desintegrador y comenzó a mostrarme cómo usarlo.

"Estos tienen tres ataques ofensivos principales, dependiendo de cómo de rápido aprietes el gatillo: un solo clic dispara un láser de pedo, los clics cortos y rápidos dispararán burbujas de pedo en varios tamaños, y finalmente un clic hacia atrás expulsa un muro entero de pedos. Pero solo se puede usar la función del muro una vez cada diez minutos porque requiere mucha energía y necesita recargarse.

"Los tres botones verdes en la parte superior son modos de defensa. Botón uno: -".

"Sí lo sé; un escudo de babas".

"Sí, pero lo que *no* sabes es que es un Pringue Repelente y evita que los zombies puedan olerte. Por desgracia, también limita tu capacidad de escapar hasta que te lo hayas limpiado".

"El segundo botón: -"

"¿El pis-guardia?"

Larry se rió. "Sí. Ahora, deja de interrumpirme. El botón de pis se llama Silbido Mojado. Pone brevemente a todos los zombies beta de rodillas en modo inactivo, dejando solo alfas en pie. Lo bueno es que si puedes detectar a los alfas y eliminarlos, cualquier zombie que hayan creado también muere, sin importar dónde se encuentre.

"Pero recibir un disparo de pipí en la cara es un precio bastante alto que pagar si no hay ningún alfa, porque solo obtienes diez segundos para

correr y después de regargarse en modo inactivo, los beta son *mucho más* rápidos. Una velocidad endiablada, te lo advierto".

"¿Y el tercer botón?" ¡Estaba fascinado e impaciente por descubrir lo que hacía!

"*No quieres* saber sobre eso. Créeme".

"Pero-"

"No, lo digo en serio. Eso es solo el último recurso. Si nunca antes has confiado en mí, ¡confía en mí ahora!" Parecía muy serio.

"Está bien, no se toca el tercero".

"Ahora, aparta el desintegrador por un minuto". Señaló el suelo.

Lo puse en el suelo junto a mí mientras él hacía lo mismo con el suyo.

Cuando los dos estábamos de pie de nuevo, nos miramos el uno al otro. Él sonrió; tal vez la sonrisa más grande que había visto en él, lo que me hizo pensar que la madre de todas las madres de todos los pedos épicos estaba a punto de desatarse.

Justo cuando lo vi moverse, me tendí rápidamente en el suelo.

¡¡¡Eso *fue todo!!!* Mis ojos se cerraron con fuerza, era todo lo que podía hacer para tratar de no cubrirme la nariz y la boca, aterrorizado por lo que sucedería después. Sin embargo, Larry solo me tocó el hombro. Con cuidado, abrí los ojos ligeramente, mirándolo, y entonces recorrí su brazo con la mirada hasta su dedo índice. Estaba apuntando a un armario que no había notado porque estaba completamente cubierto de fotos de ninjas.

Dentro del armario había dos trajes ninja, colgando uno al lado del otro.

Volví a mirarlo a la cara rápidamente, sorprendido con todo eso.

Él asintió con la cabeza, sonriendo, y ambos volvimos a mirar los trajes. Uno era de su tamaño, el otro del mío.

"Ahora date prisa, pongámosnoslos, pequeño ninja".

¡Lo miré de nuevo y me sentí increíblemente feliz! ¡Soy un ninja! ¡¡Un verdadero ninja*!!*

ZOMBIES, ZOMBIES POR TODOS LADOS

Salimos del sótano, maestros desintegradores en mano. Una vez que llegamos al rellano del primer piso, vimos los primeros. ¡El apocalipsis zombie era real!

¡Y olían *FATAL!*

¡Mis ojos se humedecieron por su olor, mi nariz ardía y mi barriga quería vomitar por todas partes!

Larry se cubrió la cara con el brazo y soltó dos rondas cortas de burbujas de pedo que flotaron hacia una zombie animadora. Su cara comenzó a desintegrarse y luego estalló en una nube de polvo rosa, ¡evaporándose justo ante nuestros ojos! Luego disparó un láser de pedo a dos futbolistas que se dirigían hacia nosotros, lo que los cortó a la mitad. Esperaba ver sangre y tripas, como salía en las películas, pero en su lugar ¡se desmenuzaron rápidamente en cientos de piezas de confeti azul y morado!

"Morado significa que es un alfa. Eso es bueno". Dijo Larry.

"Entonces, ¿rosa para las niñas y azul para los niños?" Pregunté.

"No. Púrpura para los alfas: son los más fuertes. Azul si fueron convertidos por un alfa: son casi tan fuertes y más rápidos que los otros. Rosa significa que ha sido convertido por *alguien que no* era un alfa".

"El amarillo es el que realmente debes tener en cuenta. Tienen poderes especiales. Algunos pueden resucitar y multiplicarse, o aumentar de tamaño, o hacer muchas otras cosas si son destruidos en agua".

"¿Cómo sabré cuáles son amarillos?"

Larry sacudió la cabeza. "No lo sabrás. No corras ningún riesgo. *Nunca* le dispares a un zombie si está de pie dentro o cerca del agua. Ni siquiera un poquito".

Larry nos condujo hacia adelante.

Una vez que llegamos a la oficina, donde Larry planeaba obtener las llaves de un autobús, se encontró rodeado por una multitud de maestros zombies. Actuó rápido. ¡Yo no podía ayudar mucho porque el señor Trunchwind venía directo hacia mí! ¡Su olor era el peor de todos! No pude averiguar qué botón lo detendría más rápido, ¡olía tan mal!

Al final, aterrorizado de que se acercara lo suficiente como para comerse mi cerebro y convertirme en uno de ellos, ¡presioné un botón rápidamente para provocar una burbuja de pedo! ¡Tropezó antes de que pudiera alcanzarlo y tiró la botella de agua de otra persona! Y ¿A que no nunca lo hubieras imaginado? ¡Era un amarillo!

Observé, completamente hipnotizado, sin saber qué hacer, ya que no se desintegró. Cayó de espaldas, se sacudió y se estremeció como si hubiera sido alcanzado por un rayo. Vi un trozo de papel en su bolsillo lateral que asomaba cuando él se sacudió, y en él estaba escrito, "ANTÍDOTO", así que salté hacia adelante, lo agarré y lo metí en mi bolsillo trasero antes de correr como si la habitación estuviera en llamas. ¡No quería esperar *a ver en qué se convertía después!*

¡Ver a Larry libre, con un juego de llaves tintineando, me hizo muy feliz! Chocamos los cinco y corrimos como la pólvora hacia la puerta de entrada.

Tan pronto como la abrimos, vimos la cosa más inimaginable, horrible y espantosa que podría haber sucedido.

Había llovido.

LA APESTÓPOLIS

¡Nos encontramos ante toda una Apestópolis! ¡Agua y zombies, POR TODAS PARTES!

Entonces, como si eso no fuera lo suficientemente horrible, ¡una multitud de ellos se apresuraba hacia nosotros desde atrás, desde el interior de la escuela!

Larry miró hacia el patio de la escuela en busca de una salida.

De pie junto a él, me di cuenta... no, *decidí*, yo *era* un ninja. *Yo* sacaría la basura. *Nos* protegería y ayudaría a hacer de este mundo un lugar mejor. Hoy me convertiría en un héroe. Un *súper*héroe. Por fin era mi turno.

Larry y yo nos miramos, nos paramos uno al lado del otro, y asentimos en el mismo momento, con firme determinación en nuestros ojos.

"Rodilla derecha, arriba".

Levantamos nuestras rodillas derechas. Gritó: "Dispara uno".

Ambos nos tiramos un pedo una vez y volvimos a poner los pies en el suelo.

Yo fui el siguiente, ahora era un ninja en toda regla, habiendo tomado la decisión que todo hombre debe tomar por sí mismo y luego vivir para ella.

"Rodilla izquierda, arriba", dije con firmeza.

Levantamos nuestras rodillas izquierdas.

"Dispara dos", le ordené.

Ambos nos tiramos pedos nuevamente. Seríamos hermanos de pedos hasta el final, pasase lo que pasase.

"NO HAY DINERO, NO HAY VIAJE"

Nos enfrentamos juntos a los zombies que se nos acercaban. Erigí un muro de pedos, sellando el pasillo detrás de nosotros y protegiendo nuestras espaldas mientras Larry intentaba aniquilar a un grupo que estaba delante de nosotros. Me uní a él, y pronto el aire se llenó de polvo azul y rosa. Gruñendo, chillando, los malolientes zombies continuaron avanzando, con la ropa hecha jirones y los zapatos perdidos. Uno todavía llevaba su maletín. Luego vi a una madre zombie, que todavía llevaba rizadores para el cabello, sosteniendo a su bebé gruñón y doblemente apestoso.

Larry me dio un codazo y me hizo un gesto con la cabeza. Seguí su línea de visión y vi los autobuses escolares.

"Haz un agujero", dijo, "nuestro autobús es el que está enfrente".

Asentí y nos abrimos paso hacia él.

Salimos corriendo a través de charcos rosados, azules y morados mientras corríamos. Afortunadamente, teniendo en cuenta la lluvia acumulada, no nos habíamos encontrado con ningún amarillo.

Nos subimos al autobús, que Larry arrancó de inmediato mientras yo tiraba de la palanca para cerrar la puerta. Un atleta zombie en chándal logró meter su brazo, que quedó atrapado entre las dos partes de la puerta. Lo vi agitarse salvajemente mientras su cabeza chocaba contra el cristal, lo que provocó que me quisiera reír de lo ridículo que se veía.

Tenía miedo de que, si entreabría la puerta lo suficiente como para liberarlo, él fuera capaz de forzarla y abrirla del todo, así que lo dejé atrapado allí, observándolo fascinado. Me agarré al poste de detrás del asiento del conductor con una mano y al poste en el lado opuesto del pasillo con la otra para sostenerme.

Una vez que el autobús comenzó a moverse, planté mis pies separados para evitar balancearme demasiado. El zombie se giró y comenzó a correr, manteniendo el ritmo del autobús. ¡Derribamos zombies que deambulaban por las calles, convirtiéndolos en pelusas de polvo, mientras yo seguía fascinado con la estrella de atletismo corriendo la carrera de su vida!

A medida que el autobús avanzaba por las calles, el zombie corría cada vez más rápido, disminuyendo la velocidad al doblar las esquinas, y luego acelerando para seguir nuestro ritmo, tan rápido que una vez que llegamos a la carretera principal, ya no podía ver sus pies moverse. Era algo así como mirar la rueda de la bicicleta cuando gira rápidamente en el aire; parece que se está deteniendo porque gira más rápido de lo que el ojo puede ver.

Le di un golpecito en el brazo a Larry y cuando me miró, señalé al corredor. Larry se rió. Luego condujo el autobús sobre la acera y lo aproximó hacia un edificio para raspar al corredor con la pared.

"¡No hay dinero, no hay viaje!" Gritó como hacen los conductores de autobuses de la ciudad.

En el momento en que Larry se desvió del edificio, el atleta zombie desapareció en una nube de humo apestoso.

¡AMARILLO! ¡ERA AMARILLO!

El brazo cayó sobre los escalones, aún dentro del autobús, y continuó retorciéndose. Grité mientras lo veía comenzar a multiplicarse: ¡dos, cinco, y luego ocho brazos comenzaron a subir los escalones hacia nosotros!

Yo no podía parar de golpear a Larry en el brazo mientras brincaba tratando de evitarlos y gritaba: "¡Larry! Larry! ¡Sácalos de aquí! ¡Date prisa!"

Me olvidé de mi arma.

DEDOS DE ZOMBIES MUERTOS

Larry se detuvo por completo y saltó de su asiento. Me apresuré desesperadamente, tratando de no caer en las manos que intentaban agarrarme mientras se multiplican. Larry levantó su desintegrador maestro y comenzó a dispararlos.

No tuvo ningún efecto.

Finalmente, desesperado, Larry me miró y presionó el botón de Silbido Mojado. Nos cubrimos de pipí al instante. Inmediatamente, las manos dejaron de moverse.

Larry me agarró del cuello y me arrastró hacia la parte trasera del autobús.

Apenas lo habíamos logrado cuando escuché que las manos comenzaban a moverse de nuevo. Esta vez, sonaba como cientos de dedos arañando el pasillo. ¡Apenas llegamos a la parte trasera del autobús cuando los brazos se despertaron nuevamente! Cuando abrió la puerta, comenzaron a correr hacia nosotros, *ahora parecían mil manos*, ¡todas corrieron por el pasillo *y se dirigieron hacia nosotros*! ¡Diez mil dedos listos para convertirnos en comida *para zombies!*

Larry me arrojó por la salida de emergencia, saltó detrás de mí, se giró por los aires para disparar burbujas de pedos por la puerta, la cerró y atrapó todos esos dedos del zombie muerto dentro.

SIGILO Y SUPERPOTENCIA

Salimos corriendo.

"¿En qué dirección está tu casa? ¡La mía está demasiado lejos!" Larry empezó a correr respirando fuerte.

"¡Rocky! ¡Necesito llegar a Rocky, mi perro! ¡Por aquí!" Señalé un callejón que desembocaba a solo unas calles de mi casa.

Corrimos y nos escondimos, disparamos láseres

y burbujas de pedo, incluso tuvimos que usar una pared de pedo, pero finalmente lo logramos.

Cuando vi mi casa, quise correr directamente, pero Larry me hizo retroceder.

"Estilo ninja. Usa tus habilidades de sigilo; mantente con vida".

Asentí y cerré los ojos. Necesitaba volver al modo ninja.

Respiré hondo y contuve el aliento. Luego, cuando comencé a espirar lentamente, un pedo gigantesco, retorcido y podrido se me escapó al mismo tiempo.

Una vez que mi respiración y mi pedo se hubieron liberado por completo, me sentí preparado.

Larry, tapándose la nariz, con los ojos llorosos por el hedor, me dio el visto bueno, reconociendo mi uso magistral de la sorpresa.

Realmente estaba preparado.

EL ANTÍDOTO MISTERIOSO

Una vez dentro de casa encontré a Rocky, sano y salvo, feliz de verme. Larry le acarició el pelo detrás de las orejas y Rocky le recompensó dándose la vuelta para frotar su trasero en la pierna de Larry.

Descansamos un rato en mi habitación, bebiendo las bebidas energéticas que mi hermana tenía escondidas y recuperando el aliento. Después de un momento, recordé lo que tenía en el bolsillo.

Metí la mano, lo saqué y se lo entregué a Larry.

"Encontré esto en el bolsillo del señor Trunchwind".

Larry abrió el papel arrugado y leyó la palabra "ANTÍDOTO" en la parte superior, pero el resto eran garabatos que no tenían ningún sentido. Parecía una especie de fórmula.

Larry pensó por un momento, luego se volvió hacia mí y asintió. "Esto significa que necesitamos encontrar a Jerome, el tipo más repelente del Universo conocido, y hablar con él. No hay nadie mejor cuando se necesita decodificar fórmulas científicas. Esperemos que siga vivo".

AGRADECIMIENTOS

¡El segundo libro de Diario de un niño ninja está terminado! ¡Y yo que pensaba que nada podría ser más emocionante que un encuentro con zombies! Todavía hay mucho "en el aire", preguntas sin respuestas y misterios que resolver.

¡Cuántas aventuras geniales y cosas que aprender nos están esperando!

Michael Carter, Larry y, por supuesto, ¡Rocky, el perro ninja!

Para mantenerte al día con nuestros libros y muchas cosas más, suscríbete a nuestra newsletter, carolinetreanorintbooks.com/subscribe, y da a me gusta a nuestra página de Facebook, @ CATPublishingInternational.

¡Muchas gracias por leernos! Si has disfrutado con este libro, te pedimos tu ayuda para que pases la voz compartiéndolo con otros y dejándonos un comentario.

LIBROS EN ESTA SERIE

DIARIO DE UN NIÑO NINJA 2

"Tormenta con una tonelada de Zombis"

Soy Michael Carter y tengo 12 años. El mundo ya

no es como lo conocíamos.

Los meteoritos son armas biológicas diseñadas para convertirnos en zombis.

¿Quién los envía?

Larry, el conserje de mi escuela, que me ayudó a convertirme en ninja, se ha asociado conmigo para tratar de resolver el misterio del antídoto. Tenemos que buscar el camino al epicentro para ver si podemos encontrar a un científico llamado Jerome.

A lo largo del camino, corremos aventuras y sufrimos percances, y más de una sorpresa apestosa.

Rocky, mi perro, es lo mejor que nos ha pasado nunca a cualquiera de nosotros. En estos momentos, el mundo sólo nos tiene a nosotros.

Tenemos que encontrar la manera de finalizar nuestra misión con éxito.

¡La vida, y nuestras narices, dependen de ello!

ACERCA DEL AUTOR

C A TREANOR & I DOSANJH

Caroline Treanor es una escritora de literatura infantil. Sus obras se caracterizan por una gran imaginación y un estilo rítmico cuando escribe para los más pequeños y por un tono gracioso y educativo cuando los libros son para niños mayores. La mezcla de rimas pegadizas, un simpático mundo imaginado e importantes mensajes positivos tienen la fuerza de llegar a los corazones de niños.

Valiéndose de la ayuda e imaginación de sus propios hijos, su objetivo es crear un tipo de literatura infantil que enganche, divierta e inspire a niños de cualquier edad. También los adultos podrán disfrutar con ellos, tanto como ella disfrutó escribiéndolos.

Recientemente su trabajo ha sido traducido a varios idiomas, incluidos español y japonés, para llegar y cautivar a nuevas audiencias alrededor del mundo.

Caroline vive en Reino Unido con sus tres hijos y sus dos gatos negros, Layla y Bella, que aparecen en la serie de libros educacionales 'Clever Baby'

¡Esperamos que disfrutéis leyendo!

CPSIA information can be obtained
at www.ICGtesting.com
Printed in the USA
BVHW011525180123
656261BV00047B/661

9 781648 711183